KB107451

장종기 평전

장종기 평전

맑은소리
맑은나라

프롤로그

한국 야구계의 산 증인, 장종기 그를 조명해야 하는 이유

지난 해 초가을, 내가 장종기 회장님께 보낸 서신의 첫 구절은 이러하다.

"가을빛이 발견되는 것이 비로소 여름을 보낸 듯합니다. 밝은 웃음으로 늘 맞아주시던 회의 때마다의 회장님을 전 오래오래 기억할 것입니다. 선세에 어떤 쪽으로든 인연이 있었기에 저희들은 회장님을 뵐 수 있었고, 오늘 한 시대를 풍미하신 '전설'의 회장님 일대기를 접하고 있지 않나 싶습니다.
회장님의 글을 정리하며 장종기라는 인물이 개인의 삶을 살지 않으셨다는 사실을 너무도 명백히 알게 되었습니다. 애국의 의지와 스포츠를 통한 국위 선양, 후학들에게로 전해진 지성인으로서의 인품 등 그 고준한 삶을 너무도 정확히 접할 수 있었습니다." 라는 내용이었다.

회장님은 지난 해 8월말, 내게 전화를 주셨다.
"김 사장, 내가 아무래도 올 가을을 넘기기가 어려울 것 같으니, 내가 정리한 나의 스포츠(한국야구)에 가진 애정과 로타리 활동 등 내 아흔 여덟의 삶을 정리하고 싶은데 그것을 김사장이 해 줬으면 좋겠어요." 라는 말씀이었다.
한걸음에 달려갔다. 다소 힘에 부치는 모습이었긴 했으나 회장님은 병실에서 예전의 미소와 흡사한 웃음으로 나를 반겨주셨다. 너무도 반가운 3년 여 만의 만남이었다.
"그러겠습니다. 회장님께 제가 드릴 수 있는 '선물'이라는 생각으로 회장님의 생애를 정리해 보겠습니다."

가을과 겨울을 지내며 두 세 번의 교정을 거치는 동안 회장님은 아주 기뻐하셨다. 얼마지 않아 한 권의 책으로 엮여질 '자연인 장종기'의 평전 출간이 성큼 다가온 것이었다.
그러나 한 해를 보내며 나의 출판 업무는 너무도 빼곡하여 회장님의 평전을 잠시 미뤄둘 수 밖에 없는 상황이 되었다.
그리고 어수선한 연말을 뒤로하고 2020년 새 해를 맞았다.
새 날을 맞이했음에도 회장님의 단행본을 출간하지 못한 채, 책상 위에서 마지막 손길을 기다리는 교정뭉치는 숙제를 끝내지 않은 학생시절의 쫓기는 마음과 다르지 않았다.

설을 쇠고 며칠을 보낸 어느 날, 기다리지 않은 부고를 받아들었다. 회장님은 99세를 일기로 영면에 든 것이다.
눈물이 한 움큼 쏟아져 내린 빈소에서도 회장님은 예의, 밝은 미소로 빈소를 찾은 인연들을 맞아주고 계셨다. 출간을 보지 못하고 떠나신 회장님께 송구한 마음이 태산같았다.

"회장님, 바람이 좋고 하늘은 더 좋아 푸르기 이를 데 없는 시절입니다. 이 좋은 바람과 이 높은 하늘을 더 많이 향유하시기를 바라겠습니다. 제가 힘을 보탤 일이 있다면 꼭 함께 하겠습니다." 라고 드렸던 서신의 마지막 구절 약속을 이제야 지키게 되었다.
국제봉사활동을 다시 재개하려 한다. 회장님의 평전을 내 손으로 마무리 해 드릴 수 있음에 무한한 감사를 보낸다.

"장종기 회장님, 다시 오시어 못다 이루신 일들 원 없이 하셔야 합니다. 다시 그립습니다. "

목차

60세 환갑기념 사진

장 종 기　평 전 I

본 자서전에 실린 사진들은 장종기 위원의 중장년기 때의 사진들이 전부이다. 유소년기 사진들은 6.25 때 공산군의 삼천포 침투로 모두 소실되었으며 학창시절, 청년기 사진 역시 서울 장충동 집을 공산군에게 빼앗겨 모두 소실되고 없어 싣지 못하였다. 청년기 사진 한두 장은 친구가 소지하고 있던 것을 받아 간직한 것들이다.

하나.

자연인 장종기, 유년幼年 시절과 조부祖父 내리 사랑

동래중 재학시절

1922년 2월 26일 삼천포시 동동 77번지에서 한국야구 교두보를 마련하게 될 인물이 태어났다. 대지주 장지명 선생의 3남으로 태어난 장종기 전 한국프로야구조직위원회 규정심의 위원의 탄생이었다.

그는 세 살이 되면서부터 조부 장영상張嶺相 옹으로부터 천자문을 접하며 세상과의 만남을 가졌다. 당시 조부 장영상 옹은 장씨 문중을 위해 「각산제」라는 서당을 설립해 유교 교육과 인성교육에 전념하셨는데 손자 장종기는 유년 시절부터 서당에서 삼강오륜, 논어, 철학을 습득하며 청소년기로의 인성적 토대마련이 자연스러웠다.

그런 만큼 소년 장종기에게 조부의 사랑과 훈육은 각별했다. 특히 향년 98세를 맞고 있는 장종기 전 위원을 한학, 유학, 바른 인성에 이르기까지 몸담았던 분야에서마다 두각을 드러내며 신화적 존재로 기억하는 데는 조부의 유년 시절 가르침이 주효했음을 충분히 알 수 있게 한다.

잠시 시간을 거슬러 올라가자면, 나이 7세 어린 장종기가 조부의 관심과 사랑 속에서 조부의 저서와 선각자들의 저서 다량을 서고에서 옮기는 작업을 하게 되는데 그날의 기쁨은 이루 말 할 수 없었다고. 그러나 그도 잠시, 조부는 「각산제」 서고에서 책을 꺼내던 중 고혈압으로 쓰러져 의식을 잃게 된다. 하여 어린 손자 종기는 본가로 달려가 부모님께 조부의 소식을 전하고 다시 숨을 몰아쉬고 서고에 도착했는데 이미 조부는 숨을 거둔 뒤였다.

종기는 조부의 각별한 사랑을 받고 자라난 데다, 어린 나이인지라 조부의 임종조차 보지 못한 설움에 식음을 전폐하고 조부의 별세를 가슴에 묻어야 했다.

그 시절, 조부의 명성은 주변 마을마다 파다했던 터라, 장례식 또한 일반적인 장의 절차가 아니었다. 장례비 500석(당시 쌀 한 섬의 가격이 10원이었음)이 투입될 정도로 대단한 규모를 자랑했는데 장의 기간마저 100일장으로 치러져 과연 지역의 대지주다운 면모를 보여줬다.

당시 조부의 직함은 '중치원 참의'로 현, 국회가 참의원제라면 조부는 지방 정세를 왕에게 직접 상소하는 직함의 '직소'(직접 상소)제를 두기도 하였다. 바로 그 직소를 조부가

맡고 있던 터라 조부의 갑작스런 타계는 전국 각지의 풍수지리사, 역술사들을 불러들이게 할 만큼 국가적 움직임 정도로 해석될 정도였다.

그랬으니 부고를 알리는 일도 만만치 않았다. 사신을 동원해 전국 각지로 조부의 별세를 알렸고 100일장을 치르는 까닭에 시신의 부패를 막기 위해 매일 50개의 얼음이 동원되었다.

장지는 6명의 풍수전문가가 50일간의 숙고 끝에 일치를 보아 경남 사천군 곤양면 봉계로 낙점이 되었다.

장례식에는 진주, 사천, 삼천포 택시 20대, 화물차 7대가 조문객을 위한 음식 등을 날랐고 오동나무로 만든 5층짜리 상여를 따르는 애도의 물결은 십리길이나 되었다. 지금으로 치자면 4km의 거리인데 그 긴 거리에 만장이 그야말로 허공을 가득 채우는 모습이었다.

하여 진주 일간지에는 온통 조부 장영상 옹의 장례식 기사가 신문의 메인 지면을 도배하는 형국이기도 했다. 또한 32대 장자 장지명은 장지인 곤양면 봉계리에 오두막집을 짓고 3년간 묘소를 지킨 보기 드문 근대의 효자로 당시 서부 경남 일대에서는 화제의 인물이 되기도 하였다.

아내 최정애 여사와의 결혼사진

1982년 미국 텍사스주 댈러스에서 개최된
로타리 세계대회 참석 중 아내 최정애 여사와 함께

부산 서대신동 자택에서 장모 故김소숙 여사와 함께

제주도 여행 중 아내 최정애 여사와 함께

장남, 차남 가족들과 한 집에 살며 각별히 아꼈던 손자 윤창, 철호, 손녀 선아와 함께

장종기 회장은 가문의 명예를 중요시했다. 조카들과 조카 손주들이 한 자리에 모인 날

둘.

자연인 장종기,
야구인으로서 우뚝 서다

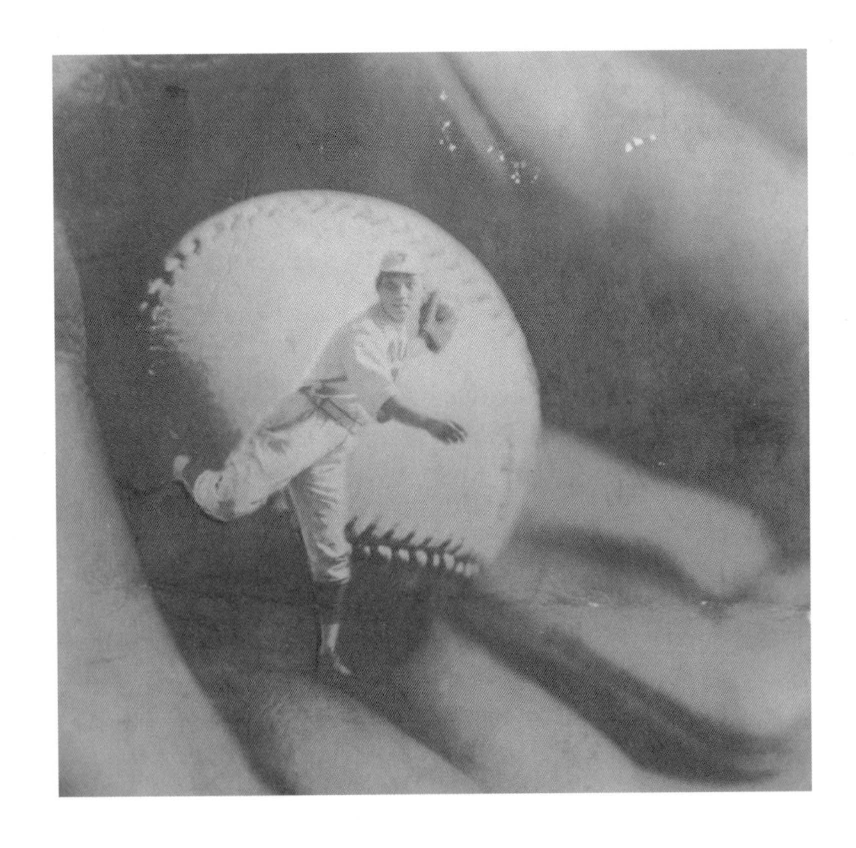

그렇게 조부의 별세는 어린 종기의 유년시절을 단절하기라도 하듯 뚝 끊어진 것만 같았다.

얼마간의 시간이 흘렀을까. 우리 나이 여덟 살이 되어 삼천포국민학교에 입학을 하게 된 장종기는 비로소 현대 학문과 만나게 된다. 소아적부터 신체가 건강하였으며 남달리 명석한 두뇌를 자랑하던 종기는 초등학교 성적 또한 언제나 상위권을 벗어난 적이 없었다. 더불어 학교에서 행해지던 모든 운동경기마다 타의 추종을 불허하는 모습으로 너무도 월등한 학생이었다.

또한 어린 종기는 학업 성적이 우수한데다 예체능에 있어서도 언제나 최우수 자리를 놓치지 않았다. 그중 특별히 더 눈에 띄는 분야가 3학년 때부터 시작한 야구경기였다. 그리하여 성인들과 함께 경기에 뛸 정도로 실력을 인정받는 학생이었으며 15세가 되던 해에는 당시 경남 지역의 야구 명문으로 알려진 동래중학교에 입학, 당당히 야구부에 입단하는 수순을 밟고 있었다.

그렇듯 동래중 1학년이던 장종기의 야구실력은 향상일변도였다. 그 시절, 부산 시내를 대표하는 야구 명문들과의 경기에서 종기는 구원투수로 등판하여 모교의 패전을 면하게 해 준 일이 있기도 했으며 학교 대표로 정규리그에 등판한 기록도 남길 만큼 탁월한 야구선수였다. 특히 삼천포에서라면 가장 가까운 도시인 진주중학교에 입학하고도 남음직한 거리였음에도 부산 동래중학교로 입학을 결정한 데는 다름 아닌 작고하신 조부의 영향이 주효했다. 당시 조부는 동래 온천장에 별장을 지어놓을 정도로 부산에서의 활동 반경도 대단했던 어른이었다.

그러기에 종기의 부모님 역시 동래중학교로의 입학을 흔쾌히 승낙한 것이었다. 또한 동래중 야구부 투수로 활약하던 종기는 1936년부터 1940년까지 부산 시내 중학교 대항 야구리그전에서 동래중학교를 야구의 전성시대로 끌어올린 견인차 역할을 톡톡히 해내며 4년간 주전투수로 등판, 전국 중학야구대회 2회 우승이라는 쾌거를 낳기도 하였다.

그런가하면 전국 중학(현, 고교) 야구대회 결승전에서는 평양 제1중(일본인 중학교)과 경기 도중 동래중이 리드하는 상황이 전개되자 일본인 심판들의 눈에 보이는 부정판정으로 역전패라는 어이없는 결과에 맞닥뜨렸는데, 결국 한국 관중들의 분노와 야유가 장내를 혼란시켜 경찰, 헌병이 출동하였고, 경기는 중단 되었다. 그리하여 2년간 학생 전국야구대회가 중단되는 결과를 초래하였다. 이처럼 동래중학교의 야구는 각종 운동 경기 가운데 최고 자랑거리였으며, 그 시절 동래중학교는 야구부와 축구부, 정구부, 럭비부 등 모든 종목의 운동부가 타 학교에 비해 아주 성행했던 시절이었다.

그러나 운동이라는 것의 지속성은 어떤 종목에서든 공히 동일한 주문인 까닭에 동래중학교 야구부 역시 합숙이 필요한 때가 잦았으나 학교에서 부담할 수 있는 정도가 못되었기에 학교에서는 부담이 이만저만이 아니었다.

그러나 그런 힘든 상황을 극복하고 야구부 합숙훈련을 지속할 수 있도록 후원을 해 준 것은 종기의 부친이 찬조금의 70%를 지원했기에 가능했다.

그랬으니 담임교사였던 김영건 선생이 후일까지 학교 야구부와 야구에 관해서는 장종기와 그의 부모님 후원을 잊지 못한다는 전언이었다고.

아무튼 장종기의 중고교시절은 온통 야구였다. 당시는 전시체제를 대비한 군사훈련 겸 군인훈련 경기종목인 '체력평가 중학 대항전'이라는 이름의 5종 경기를 군사훈련방식의 복장을 갖추고 하는 특수 경기 대항전이 성행하였고, 각 학교에 배치된 군사훈련관(일본인 노다이 대좌(대령), 예비역장교 등)들이 심판관으로 구성되어 각종 경기를 담당하는 구조였다.

그렇기 때문에 매번 경기 때마다 동래중학교와 부산중(일본인)학교의 격전은 불을 보듯 뻔한 상황에서 경기마다 일본인 심판들이 노골적인 부정판정을 하였고, 이를 성토하는 일이 끊임없이 불거지곤 했다.

그랬으니 군중봉기는 절로 일어났고 그때마다 헌병대와 경찰이 운동장에 투입되어 항의하는 관중을 진압하는 일이 반복되었고, 자연스레 동래중학교와 부산상업고 학생들은 반일운동의 불씨를 가슴 가득 키우기 시작했던 것이다.

결국 사태는 극을 치닫게 되어 마침내 동래중학교 야구부와 축구부 선수들이 주축이 되어 일본현역대좌 노다이 관사를 찾아가 돌을 던져 기물을 훼손하기에 이르렀다. 이는 부산학생봉기사건으로 역사에 기록되었다. 이 일이 있은 후 곧바로 경남 일대에는 비상경계령이 내려졌으며 일본을 방문하는 한국인의 연락선 이용 금지 등 극단적 비상조치가 내려졌다.

한편, 일본 공직자들은 봉기 주동 학생들을 색출하는 조치를 취해 헌병과 경찰을 투입하여 동래중학교 120명, 부산상업고 100명 등 230여 명의 운동선수들이 경찰서와 헌병대로 연행되는일이 벌어지는데, 장종기 역시 1939년 11월 23일 12시 20분경 부산경찰서에 수감되었고, 이틀 만에 불구속 기소로 집행유예를 선고받아 석방되었지만 그 봉기사건의 결말은 학생들이 볼모로 잡히는 참상 앞에 부모들과 기성세대들은 감히 어쩌지 못했던 비통함 그 자체였었다.

사람마다 어떤 계기와 전환점이 있기 마련이다. 장종기 역시 이듬해인 1940년 1월 25일, 일본 동경으로 건너가는

동래중 야구부 시절

'TORAI' 는 '동래' 의 일본어식 영문표기

일대사 인연과 마주하게 된다.

동래중학교 4학년까지 수료한 상태로 수료증을 받아 일본으로 건너간 종기는 그해 4월 일본상지대학 독어과에 입학, 2년간 수학을 하게 된다. 일본 상지대학은 일명 소피아대학으로 불리어진 독일계 대학이었으며 그곳을 택한 이유는 2년 과정을 수료하게 되면 독일 뮌헨 대학 3학년으로 편입을 할 수 있었으므로 여타 대학을 선택하는 것보다 월등한 기회를 얻을 수 있기 때문이었다.

그렇게 유럽 유학을 꿈꾸었으나 1942년 발발한 유럽전쟁은 장종기의 유학의 꿈을 산산조각 나게 했다. 결국 종기는 상지대학 2년을 수료한 후, 와세다대학 법학과에 전입하게 된다.

낭중지추라고 했던가. 야구에 대한 재능과 꿈은 좀처럼 사그라들지 않았던 장종기는 그해 5월 일본 내 유학생 야구인 모임에서 '동경유학생야구단'을 조직하고 두 달 뒤인 7월, 서울과 평양, 신의주로의 야구원정을 결의하고 실천에 들어간다.

그러나 일본 관헌에 의해 장소 사용을 불허한다는 통보를 받게 되고, 이후 강제 해산되는 아픔을 겪기도 하였다.

그럼에도 장종기는 와세다대학 야구부 100명 후보자 중 투수부문 10명에 선발되어 야구부 제 2군에 등록, 6개 대학 리그에 출전하는 기회를 얻었다.

그러나 또 다시 좌절의 시간을 맛봐야 했다.

1943년 6월, 대동아전쟁 발발로 모든 운동경기는 중단이 되었다. 그리하여 1944년 2월, 한국유학생도 군입대 강제령이 선포되면서 학업은 중단되고, 강제 징집된 후 육군보병 시즈오카시 제 3부대로 배치, 일본군병영생활을 시작하였다.

1945년 8월 15일, 일황의 항복 선언은 대동아전쟁의 종결을 가져왔으며 그해 9월 미군부대가 시즈오카시를 점령하게 되었으며 일본 군대 자산 인수 작업을 개시하게 된다. 이때 장종기는 영어를 구사하는 유일한 제3국민으로서 일본 제3보병부대 인계담당자로 선정되어 약 20일 동안 일본군부대자산을 미군에게 인계하는데 공로자가 되어 미군 수송기를 타고 서울을 거쳐 부산 김해로 무사히 귀국을 하게 된다.

고국으로 귀국하자 모든 것에서 새시대가 열린 것만 같

았다. 1945년 11월 5일, 부산 주둔 미군 제3연합군사령부(부산시청 구청사)가 업무를 개시하며 신문에 통역사, 행정보좌관 모집이라는 공고를 내게 되는데, 그 광고를 보고 장종기는 당장 사령관실을 찾았다. 마침 일본군자산정리에 협조한 감사장을 갖고 가서 면접을 하는데 그것은 주효한 이력이 되어 곧바로 사령관실 행정보좌관으로 일을 시작하게 된다. 실로 감사하고 다행스러운 행보가 시작된 셈이었다.

한편, 장종기는 고향으로 돌아왔으니 다시 야구인의 꿈을 펴기 시작한다. 부산야구단 조직에 착수하고 대청동에 있는 남일운동구를 중심으로 동래중, 부산상고 출신 야구 경험자를 물색하였으며 국제신문사 사장과 협의한 후, 지면을 통한 야구인 규합에 혼신의 힘을 기울였다.

당시, 해방 후 일본에서 귀국한 동포 가운데 일본 고교 야구선수로 활약한 배성수, 황경열, 고강적 등의 야구선수들을 만나 부산철도야구팀(일제시대)에서 활약한 동래중 출신 김필수, 박봉조 부산상고 출신 선수 등 약 10명과 부산연식 야구계 출신 이정구 등 15명으로 1차 부산야구단을 조직하고 부산야구협회 조직의 산파역을 하기에 이른다.

그러나 전장에 나가는 군인에게 총알이 필요하듯, 야구도구가 부족함을 인지한 장종기는 부산주둔 미 사령부 내 야구동호회 군인과 장교들에게 사령부 내 야구부 창설을 제안하여 주말 부산시민 야구팀과 친선 게임으로 유대를 갖고 군정 수행에도 도움이 되도록 유도하였다.
그리하여 미군사령부 내 야구부 결성을 하게 되었고 미국본토로부터 야구공, 야구배트, 야구글러브 등 전반적인 장비를 조달받아 이미 활동 중이던 부산야구단과의 친선게임을 열며 부산 야구의 부활을 예고했다.

그즈음, 부산 경남고 교장은 장종기를 경남고의 영어강사 겸 야구부 감독으로 초빙하고 싶다는 제안을 해 왔다.

장종기는 일본 와세다 대학 야구부에서 배운 야구철학과 야구의 기본기술 등 특히 투수의 기본 자질, 각 포지션별 기본기술에 대해 가르치고 훈련에 돌입할 수 있었다. 한편 선수들은 '학생 야구는 학업과 병행이 되어야 한다.'는 규칙을 반드시 지켜야 했다. 학업을 도외시 한 야구생활 무용론을 강조하며 머리가 나쁘면 야구의 진면목을 알지 못한다는 가르침을 주면서 기술 향상과 인성교육, 스포츠맨십에 대한 전반적인 교육에 힘쓰는 강사이자 감독으로서의 활약을 도모했다.

고국에서, 그것도 야구와 영어를 병행하며 삶을 꾸린다는 사실은 너무도 감사한 일이었다. 미군부대 사령부의 보좌관 역할은 부산에서 마치 프리미엄과도 같았다. 부산야구단, 경남고 야구부 감독, 동아대학교 야구부 조직 의뢰와 감독 의뢰 등 장종기 전성시대를 맞는 듯한 날들이었다.

결국 장종기는 1946년 12월, 미군부대 보좌관 업무를 사임하고 야구생활에 전념해야 하는 시절인연을 맞이해야 했다. 그는 보좌관시절 '조선견직회사'를 동래중 친지 선배의 자형인 김지태씨에게 운영하게 하는 일이 있었는데 그것이 인연이 되어 부산상공회의소 회두출마를 하는 데 큰 역할을 하기도 했다. 바로 그때, 장종기는 부산야구단의 안정적 발전을 위해 김지태씨에게 설명을 했고 김지태씨는 부산견직회사의 대표로서 조선견직야구팀을 신설하게끔 물심양면 도움을 주었다. 그리하여 명실 공히 부산대표팀 야구부가 창설되었고 부산시 대표로 도·시대항전, 전국실업

야구대회 등 다양한 경기에 출전을 하며 부산야구의 입지를 굳히게 된 것이다. 그랬으니 부산에서의 야구생활은 1945년 11월부터 1948년 1월까지 부산 야구의 상징적 인물로 평가받기에 모자람이 없었다.

경남고 야구 초대 감독, 부산야구단 조직과 투수, 주장 동아대학 야구부 초대감독, 조선견직주식회사 야구부 창설과 주장으로 한국야구의 전후 중흥에 일조하였다고 자부할 만한 쾌거다.

그 후 장종기는 1948년 2월 서울로 이전을 하여 서울에서 야구인생을 다시 시작하게 된다. 그도 그럴 것이 부산에서 몸담고 있던 시절부터 한국은행, 한국산업은행, 경성정기, 대한통운주식회사 등의 유혹이 있었지만 희망 조건과 맞지 않아 고민하던 중 대한금융조합연합회 부회장 하상용씨가 전적으로 장종기의 희망 조건을 수락하고 영입을 제한하였다.

그리하여 각각의 금융권들과의 인연력으로 대한금융조합연합회 야구부를 창설, 전국 도·시대항전에서 우수한 선수를 스카우트하여 초대 주장으로서 팀을 이끌어가게 된 것이다. 바로 그 대한금융조합연합회가 현재의 농협야구단의 전신인 것이다.

그처럼 새로운 실업야구팀을 조직한 배경에는 전국실업야구협회가 설립되어 춘하추동 큰 대회가 운영되고 있었지만 좀 더 규모가 크고 또한 든든한 스폰서와 배경이 더 좋아야겠다는 생각이 있었고, 바로 서울 진출을 결심하게 된 결정적 연유도 거기에 있었던 셈이다. 그렇게 대한금융조합연합회 야구부를 창설하고 본격적인 야구 생활이 시작됐다.

그 당시 함께 했었던 이영민, 손효근, 김영석, 오윤환 등 대선배들과 일본 프로구단에서 잠시 활동했던 유완식, 김영조, 강대중, 배성수씨 등은 지금도 기억에 뚜렷이 남아 있는 선배이며 동료들이었다. 특히 김영조는 와세다대학에서 야구를 함께 했던 포수로서 클래스 대항전에서 우승의 영광을 함께 했었는데, 그 당시 김영조는 일본 이름을 사용했고 한국어를 전혀 할 줄 몰랐었기에 그가 한국교포의 자녀라는 사실을 알지 못했다.

그는 교포 2세였고 와세다 고등학교 야구부 출신으로 본교 야구부에 입성할 수 있다는 사실을 알게 되었다. 김영조는 1946년 7월 전국 도·시대항전 때 전주시 대표로 출전을 한 계기로 서울에서 처음 만나 아주 반가웠던 기억이 있다고 술회했다. 더욱이 금융조합연합회 야구부 창설 때는 가정환경의 어려움을 알게 되어 재정을 지원해 주었고, 또한 서울에서의 생활터전까지 마련해 주고, 포수로 채용하는 인연으로 발전하기도 하였다.

그처럼 장종기의 서울에서의 생활은 금융조합연합 야구부 주장으로서 책임을 다하고자 했으며 경기고 야구부의 간청으로 감독에 취임하고 전국대회 준우승이라는 쾌거를 낳기도 하였다.

그랬으니 영어강사 역할은 시간상 역부족이었기에 1년간의 강사생활을 끝으로 사퇴를 하기에 이르렀다. 특히 경기고 감독시절에는 박현식 군을 인천 동산고에서 스카우트하여 포수를 투수로 포지션을 전환시켜 지도하였고, 감독 취임 5개월 만에 하위 실력을 만회, 부산에서 열린 전국 청룡기야구대회에서 준우승이라는 성과를 올려 고교야구 전성시대의 자랑할 만한 기록을 다시 남기기도 하였다.

그런가하면 1950년에는 한국야구 최초, 하와이 원정계

획을 세워 대한야구협회 통지문으로 전국단위 대표팀이 결성되어 20명의 선수, 임원을 확정, 전라도 나주에서 합숙훈련에 들어가는 등 국가 차원의 야구경기에 참석한다는 희망으로 부풀어 있었다.

그러나 하와이 교포이던 서재필 박사가 비행기 사고로 순직하면서 하와이 원정이 무산되는 아쉬움을 겪어야 했다. 당시 임원과 선수로는 감독 김영석을 위시, 투수 오윤환, 유완식, 장종기, 이정규와 포수 장석화, 김영조 등 3명과 배성수, 강대중, 손희준, 허곤, 김계현, 심양섭, 노정오 등이 기억에 남는 선수들이라고 소개했다.

그 해, 서울자유신문의 연례행사인 전국고교선수권대회가 6월 24일부터 29일까지 5일에 걸쳐 서울 동대문야구장에서 개최되었는데 장종기의 모교인 부산 동래고 야구부 일행과 인솔 교사, 학부형 등 21명이 서울에 도착해 장종기의 장충동 2층 집에 모두 기거하면서 경기를 치러 대회가 종료되는 시점까지 2층 건물 사저는 야구선수들로 가득했던 기억도 장종기의 야구애를 엿보게 하는 대목이다.

장종기는 바로 전 해인 1949년 12월 16일 결혼하여 가정을 꾸렸다. 그의 아내가 서울 장충동 신혼집에 온지 불과 3개월 만에 21명의 야구 선수들과 함께 본의 아니게 한 집에서 합숙에 들어가게 되었으니 번거로움과 함께 심적 부담감은 이루 말할 수 없었을 것이다.

어쨌건 모교 야구부원들과 일행들을 즐거운 마음으로 뒷바라지 하고 있는 도중, 민족상잔의 비극이 된 6.25남침 소식은 개인은 물론 국가의 장래를 뒤바꿔놓는 일이 되고 말았다.

당시 국방부장관 비서였던 박병권이라는 친구를 찾아간 장종기는 전후 사정을 말하고 본인의 급여 3개월 치를 가불 받아 6월 26일 부산행 기차에 함께 하던 동래고 야구부 일행 모두를 태워 보내게 되는데 나중에 알고 보니 그 기차가 부산으로 향하는 마지막 기차였다고. 얼마나 소름 돋는 일이며 가슴 아픈 기억이었을까.

6.25 사변은 장종기 야구인생의 종결이 되고 말았다. 그날 밤, 장종기와 아내는 장충동 집을 그대로 두고 야간도주하여 광화문 근처에 있는 우리나라 어류학 전문가인 정문기씨 집 지하에 피신하여 몸을 숨기게 된다.

석 달 정도 이어진 은신생활. 그러나 뜻이 견고하면 길은 열리게 돼 있다. 9월 20일경 일부 특공대 미군이 서울에 주둔하게 되고 장종기는 그 사실을 알고는 큰길로 뛰어나가 미군 응급차를 세우고는 사정 이야기를 했다. 그리하여 그 응급차를 얻어 타고 미군들의 행선지인 대구까지 도착, 다시 부산행 응급차를 바꿔 타고 부산 처가에 도착하여 부산생활을 시작하게 된다.

상황이 이렇다보니 서울 장충동 장종기의 빈집은 자연스레 이북 정치보위부에서 강제 점거하여 사용하였고, 서울 수복 후에는 적산가옥으로 취급되어 여러 방면으로 법적 수단을 모색하여 진정을 넣었으나 소유권을 되돌릴 수 있는 방법은 없었다.

하여, 장종기는 부산시민으로 살아가는 운명을 받아들이기에 이른다.

전쟁은 많은 것들을 변화하게 한다. 그렇게 부산에 정착한 장종기는 1951년 8월부터 1954년 3월까지 부산상고, 개성중학교 영어 강사 겸 야구부 감독으로 취임하여 중고생들을 지도하는 시간을 갖게 되었다. 그리고는 1955년 5

월부터 1968년까지 부산대학교 법학부 전임 강사로 취임, 부산대 야구부를 창설하고 초대감독을 맡게 되었다.

그랬으니 1951년 부산 정착 이후 장종기는 현역 야구선수생활은 모두 청산을 한 셈이었고 지도자의 길을 걷게 된 셈이었다.

이후 1981년부터 1983년까지 2년간 장종기는 한국프로야구 규정심의회 위원으로 위촉되어 명실 공히 한국프로야구사에 없어서는 안 될 산파 역할을 맡게 된다.

고교야구대회에서 덕수상고 야구부원들과 함께 찍은 사진으로 추정

2011년 8월 23일 한국 야구의 날을 기념하여
롯데자이언츠 홈경기 시구 차 사직야구장 방문 중 손자 윤창과 함께

2011년 8월 23일 한국 야구의 날 양상문 당시 롯데자이언츠 감독과 함께

롯데자이언츠 관계자와 함께

셋.

자연인 장종기,
금융계에서 별이 되다

1966년 4월, 장종기의 나이 사십대 초중반 시절, 그는 주식회사 서울은행 부장으로 재직 중이었다. 당시 한국과 미국이 군사 동맹관계였기에 양국 대통령의 합의로 한국군 5만 명을 월남에 파병, 미군과 함께 월맹 공산군 정권 퇴치 작전을 수행하던 때였다.

장종기는 영자 신문을 통해 그 사실을 알게 되었다. 그리하여 그는 자신이 몸담고 있는 회사와 국가를 위한 거국적인 무엇인가를 해야겠다는 의지가 확고해진다. 파월 한국장병 월수당금을 한국의 국가 경제부흥정책의 일환으로 전환하면 좋겠다는 계산이 섰다. 그도 그럴 것이 파월 한

국제로타리 세계대회는 매년 전 세계를 순회하며 개최된다. 세계대회 참석 중 관광지에서 찍은 사진들이 많다. - 캄보디아 앙코르와트에서 찍은 사진

국장병 월 수당 2천만 불은 한국 월 수출대금 2천만 불과 같은 가치였다. 당시 박정희 대통령은 국민소득 350불 시대를 목표로 내세우던 때였다. 그랬으니 여러 정황상 2천만 불 수입은 국가 경제를 부흥시키고 국민소득 증대에 일대 혁신을 꾀하는 일이라는 남다른 인식이 작동할 수밖에 없었다.

장종기는 영자 신문에 난 기사를 꼼꼼히 파악한 후, 박 대통령에게 건의서를 제출하기에 이르렀다. 내용을 간략히 전하자면 "대통령 각하, 서울은행이 파월장병의 구좌 관리를 책임지고 할 것이며 유종의 미를 거두겠습니다." 라는 내용이었다. 보다 구체적 내용은 파월장병 급여 2천만 불이 현지에서 지급되면 크고 작은 사고 발생 등의 위험이 있으니 장병 봉급 중 10%에 해당되는 금액만 현장에서 직접 지불하고 잔여 봉급 90%는 서울은행으로 송금 받아 각 장병 명의의 적금 구좌를 신설, 입금하게 하자는 내용이었다. 그리하여 귀국 후면 장병들은 적금이 불어나 생활에 큰 도움이 될 것이고 한국은행은 이자 수익을 창출하여 국가에서 환수하니 그야말로 일석이조의 논리가 분명했다. 또한 장병들의 외출이 요즘처럼 흔하던 시절이 아니었으므로 PX에서 일반 생활필수품의 구입을 가능하게 하고 불편 없이 한다는 안을 확고히 인식하게 한 것이다.

마침내 장종기에게 파월 장병의 적금 구좌 관리를 할 수 있도록 대통령의 특령이 발령된 것이었다. 박정희 대통령은 파월장병 한국군 최 사령관에게 친서까지 주어 장종기가 훌륭히 업무 추진을 할 수 있게끔 해주었다. 또한 파월 장병 급여 관리 성사는 서울은행 업적 향상에도 크게 기여하였다. 그랬으니 직장 내 조직에서의 신뢰도는 자연 두터워졌고 국가적으로도 내로라 할 만 한 명분을 제시한 셈이었다.

그렇듯 서울은행에서의 국가적인 활약은 부산지점장이라는 책무를 맡게 했고 16년간의 근무를 끝으로 정년을 맞게 된다.

넷.

자연인 장종기,
봉사자로서 빛이 되다

1969년, 장종기는 한 선배의 권유로 국제 로타리 서부산 로타리클럽에 견습생으로 이회하였으며 1970년, 정식 회원으로 가입하여 서부산 로타리 클럽에서 50년간 봉사 업무의 출발을 알린 다. 그 즈음, 사십대 중반의 장종기는 바쁜 와중에도 틈을 내 고등학교 야구부와 대학야구부 등 기술 지도를 해주었고, 때로는 감독으로 활동하며 각종 대회에 참가하여 우수한 성적을 거두었다.

그런 가운데 장종기의 나이가 지천명을 넘기게 되니 시간적으로나 육체적으로나 몇 가지 일을 동시에 해낼 수 있는 여력이 없었다. 결국 장종기는 야구 지도자의 길을 떠나 부산남산로타리클럽을 창설, 40명의 동료들과 함께 청소년교환사업의 본격적인 고삐를 죄게 된다. 그것은 견습생으로 활동을 하며 익힌 로타리클럽의 정신을 이어받아 명실 공히 정식 로타리클럽 업무에 착수하게 된 것이었다. 청소년교환사업 역시 전 회원의 성원 속에서 활성화를 띄게 되었고 누구보다 전심전력을 기울였던 것이다.

이처럼 장종기는 스스로에게 주어졌던 야구인생을 접고 사회봉사 쪽으로 방향을 돌려 제2의 인생을 시작하게 된다. 1970년 1월 그는 국제로타리 조직에 참가하여 청소년교환프로그램에 적극 나서게 된다. 그리하여 호주에서 개최된 세계대회에 참가하고 청소년교환프로그램으로 국가간의 교류활동에 가담하게 된 것이다.

이 프로그램의 시행에 있어 다각적인 교섭을 거친 결과 호주가 가장 안전하고 적합한 국가라는 사실을 알게 되었고, 결국 호주와의 합의를 도출해 내었다.

하지만 호주와 약속된 청소년사업은 로타리클럽이 소위 '부자들의 모임'으로 오인되어 정부에서 학생비자 청구를 불허하였다. 국가적 권위 실추를 우려한 장종기는 박정희 대통령에게 다시 친서를 보내 발급을 허락받아 호주와의 국제청소년 교류사업을 가능케 했다.

학생교환프로그램은 한국문화와 풍습, 한국어를 본격적으로 호주에 알리는 계기가 되었고, 호주로 건너가 호주를 체험하고 돌아오는 학생들에게는 짧은 역사를 지닌 호주지만 그 대국의 성장 동력이 무엇인가를 알게 하는 특별한 기회를 부여받는 일이었다.

그렇게 시작된 로타리활동은 1980년부터 2012년 10월까지 32년간 호주 내 5개 지구에 우리나라 청소년 39명을 파견, 호주에서 1년 동안 타문화를 습득하고 국제적 시각을 갖춰 글로벌인재로 나아가게 하는 데 최선의 노력을 다한 날들이었다.

학생 1명을 호주에 파견할 때 우선적으로 태극기를 비롯한 간단한 홍보물 및 내용을 완전히 익히게 하여 어떤 회합에 초대될지라도 능숙하게 설명할 수 있도록 기초지식을 갖춰 보내는 일이 중요했다.

그러므로 사전 교육을 받은, 한국을 국제사회에 알리는 선도역할을 띄는 우리의 파견 학생들은 민간외교관으로서 파견 9개월 동안 맡은 바 자신의 몫을 충분히 해내었다.

그랬으니 우리의 학생 1명이 상대국가 학생 3,000명

세계 로타리안들과의 교류사진들. 특히 호주에서 지구 총재까지 지낸 로타리안 Bob Young 과의 우정은 오랜 기간 동안 지속되었다.

로타리가 이어준 각별한 인연 Bob Young. 국제로타리 재965지구 총재를 지내기도 했던 그와는 1977년 9월 처음 만나 청소년 교환사업을 함께 진행하기로 하며 인연이 시작되었고, 막내딸 현송이 교환학생으로 호주에 갔을 때 첫번째 Host Family가 되어 친딸처럼 보살펴 주었다. 이후 Bob의 아내가 사망했을 때는 직접 호주로 건너가 장례식에 참여 위로하였다. Bob은 2012년 5월에 먼저 세상을 떠났다.
사진은 1991년 70세 고희를 축하해주기 위해 직접 부산에 방문했을 당시.

~5,000명에게 한국을 알리게 되는 파급효과를 가져오게 됐으며 35년이 지난 지금까지 호주를 비롯한 세계 7개국에 1,260명을 파견하였고 또한 외국 학생들을 받아 호스트를 하고 있는 상황이다.

이름 하여 'yes' 프로그램으로 가동되었던 청소년교환프로그램은 만 14세~만 18세 까지의 외국 청소년을 한국에 유치하거나, 외국에 우리 한국 학생들을 파견하는 제도로서 로타리 회원 중 프로그램에 지원한 3명의 각자 집에서 학생 1명을 받아 1년간 숙식을 제공하고 학교 납부금 일체를 담당하고 이는 후에 로타리클럽에서 부담하는 형태를 취했다.

그렇다고 모든 로타리클럽에서 부산남산로타리클럽처럼 청소년교환프로그램에 적극 동참하거나 후원하는 것은 아니었다. 그러나 장종기의 소신은 변함이 없었다. 여건이 되지 않는 청소년들에게 유학의 기회를 제공하고 건강한 정신을 계발하게 하는 일은 미래사회를 위한 투자라는 신념이 굳건했기 때문이다.

그 시절까지만 해도 한국 로타리 17개 지구에서 청소년

교환프로그램을 실천하고 있는 로타리 지구는 오직 부산 3,660지구 한 곳뿐이었으나 서울회의 참석, 각 지구에 호소하며 교육시켜 현재 3개 지구로 확대되었다.

장종기는 교환 학생으로 한국을 방문한 외국 학생들을 위하여 한국 문화와 일상생활을 보고 느끼게 해주는 것이 가장 큰 국위선양이라는 판단 아래, 현재 거주하고 있는 부산광역시 서구 서대신동 3가의 80평의 한옥을 손수 짓게 되는데, 그 과정에서의 고충 또한 적지 않았다. 집을 지을 당시에는 산림보호정책의 규제가 심하여 허가 없이 임의로 한옥을 짓는 일은 불가능했다. 그 사안 역시 부산시장을 방문하여 내용을 소상히 설명하고 국가 백년대계를 위한 국제청소년사업이라는 명분하에 박정희 대통령의 허가를 얻어 한옥을 지을 수 있었고, 지금까지 28년간 yes 학생들을 호스트하며 한국의 문화를 보급하고 있다.

또한 장종기는 국제로타리클럽의 국제대회에 매년 참석했는데 이는 업무 내용 파악을 위한 목적과 동시에 봉사체계와 종류, 기타 실무 등을 배우고 익히기 위한 나름의 확

국제로타리 청소년교환사업으로 한국에 온 유학생들과 함께 한 사진들.

고령의 나이에도 불구하고 지구 청소년교환위원장으로 임기를 마칠 때까지 직접 학생들을 인솔하여 한국의 다양한 문화를 체험할 수 있도록 도왔다.

고한 취지에서였다. 바로 그러한 목적과 취지를 가지고 세계 각국을 방문한 것이 무려 83개국이나 되니, 명실 공히 민간외교사절단으로서의 역할에 소홀함이 없었다는 사실이다.

세상을 변화시키는 힘은 소수의 유능한 그룹에 의해 좌우된다는 사실을 우리는 알고 있다. 유사한 맥락이었을 것이다. 로타리사업에 있어서의 추진력과 일의 성과는 항상 장종기의 존재 이유이기도 했다. 그러나 제 아무리 빼어난 명장이라 할지라도 칼이든 총이든 손에 쥐고 있어야만 그 실력을 가늠할 수가 있는데, 장종기에게 로타리클럽의 yes 사업에는 적지 않은 경비가 늘 투입되어야만 했다.

그리하여 장종기는 자신의 가옥을 담보로 일본 교포인 친지에게 경매입찰을 받게 하여 자신은 현재까지 3천만 원의 전세로 살면서도 로타리클럽을 향한 식지 않는 애정을 보내고 있다. 모르긴 해도 부산남산로타리클럽의 재창립과 현재의 운영은 장종기의 노고와 애정, 그리고 그의 탁월한 국가관이 뒷받침되었기에 유지되고 있다고 여겨진다.

야구인으로서의 30년과 로타리회원으로서의 50년 세월은 98세 장종기의 삶에 있어 스포츠 외교와 봉사 외교로 수놓아진 황금기라 할 수 있다.

자연인으로서의 삶이 과연 이처럼 한결같을 수 있을까. 한 개인의 삶이 영욕을 떠나 공익 우선의 삶으로 이어져왔다면 이는 마땅히 사회의 목탁이며 국가의 보고寶庫라 할 수 있을 것이다.

이처럼 한국 야구계에 커다란 족적을 남긴 장종기의 활약상은 스포츠에서 사회봉사활동으로 이어져 투철한 국가관 형성에 이바지 한 한국 현대사의 산증인이라고 봐도 모자람이 없는 기록이다.

오랜 친구이자 로타리 동료인 Bob Young 과 로타리 행사 중 함께 찍은 사진

국제로타리 3660지구 지구대회에서
당시 인바운드 교환학생들이 그간 갈고 닦은 태권도 실력을 뽐내는 모습

'92 11 22

로타리를 통해
세계 곳곳에서
친구들을 만났고,

그들과 오랜 우정을 쌓는 데
노력했다.

1989
THE 80TH ANNUAL CONVENTION
ROT INTERNATIONAL
SEOUL
國
第80次

1989년 서울에서 개최된 로타리 세계대회 청소년교환위원회 회의에 참가해
각국에서 온 청소년 교환 담당자들과 교환사업을 추진하다.

호주 태즈마니아섬에서 개최된 로타리 청소년교환위원회 회의에 참석하여
한국의 청소년교환사업 현황에 대해 설명하다.

장 종 기 평 전 II

다음은 장종기 선생이 노년을 거치며 국가의 역점 사업으로 남긴 청소년 교환사업의 가치를 수록한 내용이다.

청소년 교환사업의 가치와
내가 사랑한 한국야구

꽃이 피는 일도,
물길이 흘러 강을 이루고
바다로 유입되는 모습도
원류가 어디인지를 알게 된다면

근본을 무시하고
살아가는 일은 없을 것이다.

국제로타리가 역점으로 권장하고 있는 YEP(Youth Exchange Program의 약어)는 '우물안 개구리가 아닌 넓은 세상을 보고 느끼고 타인을 위해 봉사의 삶을 산다.'는 취지를 실천으로 옮기고 있는 사업이다.

인간관계를 부드럽게, 아름답게, 친절하게 펼치기 위한 위대한 효과와 가치를 인식하게 하고 인성교육의 바탕임과 동시 청소년이 미래사회의 지도자이자 국가를 이끄는 주인공으로 만들게 하는 기성세대들이 펴는 유익의 행보이다.

그러므로 수혜를 받은 학생들이 성장하여 다시 수혜를 주는미래사회의 역군이 되게 하는 위대한 힘을 발휘하는 국제봉사활동의 근간이다. 이는 국제간의 친선 도모는 물론 우호국가로 발전하여 지구촌의 내일을 여는 희망프로젝트임에 분명하다.

인류 역사를 돌이켜 볼 때, 어제가 없는 오늘은 없다. 그리고 오늘 없는 내일 또한 존재하지 않는다. 미래 국가의 양상은 오늘을 살아가는 청소년들의 몫이 된다. 환경은 개인은 물론 국가관을 뒷받침하는 토대가 된다. 그러므로 자연환경은 물론 의식의 환경 역시 기성세대들이 후손들에게 물려줄 제일의 유산이 된다.

그런 연유로 로타리 조직은 봉사에 주안점을 두고 청소년 선도 정책에 그 기본을 두어야 한다는 생각이다. 이에 나는 이 청소년사업의 위대한 힘을 몸소 느끼고 있으며 지금도 그 믿음만큼은 너무도 단단하다.

더불어 나의 스포츠관은 정정당당한 페어플레이 정신이다. 정신을 키우고 실천하는 건강한 인격배양이야말로 스포츠 철학에서도 반드시 필요한 부분이다. 그러나 국내 스포츠계의 물질만 능주의에 길들여진 행태는 인성의 부재에서 기인한 그릇된 자세라는 것을 간과할 수 없는 대목이다.

야구경기에도 혼이 깃들어야 한다.
혼이 없는 스포츠는 동물들의 힘겨루기에 불과하다.

나는 오랜 세월, 학교지도자로 지내며 굶주리는 선수들을 위해 반드시 배고픔을 해소해주었고 수당으로 받은 보수는 언제라도 선수들과 어려운 처지의 주변인들을 위해 먼저 쾌척을 하곤 했다. 그러기에 나 자신을 위해 보수를 써 본 기억은 아주 드물다. 그만큼 나는 한국야구를 사랑했다.

그러나 어찌 좋은 결과만 있었다 말할 수 있겠는가? 삶이 그러하듯 내 전문 분야인 야구에서도 알게 모르게 부족함이 노출된 부분도 분명 있었을 것이다.

그럼에도 지금도 성과라고 생각하는 한 가지가 학생야구를 대한야구협회로부터 분리하여 학생야구연맹 하에 두도록 했다는 사실이다. 2년에 걸친 노력과 투쟁의 결과였다.

부디 세월 흘러 한국야구의 교두보를 논하는 날이 온다면 나장종기와 선배, 후배 그리고 동료들의 피나는 노력이 있었음을잊지 말기를 당부하고 싶다.

꽃이 피는 일도, 물길이 흘러 강을 이루고 바다로 유입되는 모습도 원류가 어디인지를 알게 된다면 근본을 무시하고 살아가는 일은 없을 것이다.

난 반평생을 한국야구발전을 위해 노력해 왔다. 그러기에 선배들의 공력이나 동료들의 눈물겨운 노고를 너무도 잘 안다. 그러므로 백수를 바라보는 오늘에도 난 감히 그들의 덕택에 화려한 한 시절을 살아낼 수 있었노라 당당히 말할 수 있다. 그 모든 것이 선후배, 동료들의 노고와 스포츠를 사랑하는 정신에서 기인했음을 언제 어디서라도 밝힐 수 있다.

내 나이, 백수를 바라보고 있다. 그러기에 나는 아플 시간도,쉴 시간도 없다. 그간 건강 한 가지는 늘 자신 있다고 자부하며 살았다. 그러나 이제 사계절을 두 번 겪게 된다면 난 우리 나이 백세가 될 것이다. 허나 이 가을을 넘길 수 있을지 자신이 없다.

2019년 가을이 내 인생의 마지막 가을이 된다 해도 한국 야구사에 있어 내 행보에는 후회가 없다.

감사한 아흔 여덟 해를 보내고 있는 중이다. 다시 태어난다 해도 야구에 바친 열정만은 그대로 갖고 오고 싶다. 소중한 오늘이다.

2019년 초가을 장종기

국제로타리 세계대회는 매년 전 세계를 순회하며 개최된다. 세계대회 참석 중
관광지에서 찍은 사진들이 많다.

시드니 오페라하우스를 바라보며 호주 시드니에서 찍은 사진

한국에 온 인바운드 청소년교환학생들에게 한국의 다양한 모습을 소개하기 위한 활동에 힘썼다. 사진은 대한민국 제4대 대통령을 역임한 故 윤보선 전 대통령의 장남이자 동료 로타리안인 윤상구 씨와 함께 서울 안국동에 위치한 윤보선 고택에서

한국에 온 인바운드 청소년교환학생들과 함께 참여한 사회봉사활동 중

인바운드 교환학생들과 함께 국내 곳곳을 함께 여행했던 사진들. - 경주 여행중

張鍾基(チャン·ジョンギ) 評伝

張鍾基(チャン·ジョンギ) 評伝

マルグンソリ
マルグンナラ

プロローグ

スポットライトを当てるべき野球業界の生き証人

去年の秋ごろ、私が彼のところに便りを出した。

「夏の端に秋口の涼しい光が引きずられてくる気がします。
会議の時いつも明るい笑顔で迎えてくださった会長のことはいつまでも忘れられません。
私たちはきっと前世に何らかの縁があったので、会長に会えたし、一時代を築いた伝説の会長の一代記として描いているんじゃないかと思います。
会長の文章をまとめているうちに、チャン·ジョンギ張鍾基という人は個人の人生を生きていなかったと思われました。また愛国への意志とスポーツを通じた国威宣揚、後学に伝えられた知性人としての高潔な人柄も分かるようになりました」という内容であった。

去年8月の末ごろ、会長からの電話があった。
「金社長、私は今年の秋までどうしても生きられないと思うから、私のスポーツ(韓国野球)に対する愛情とロータリー活動など私の98年間の人生をまとめたいが、それを金社長にお願いしたいです」ということであった。
すぐに駆けつけた. 多少気力のなさそうな様子であった

が、会長は病室で以前のような笑顔で私を迎えてくれた。3年ぶりの再会でとても嬉しかった。
「やってみます。会長にやってあげられることは全部したいのですから、力の及ぶ限り会長の人生を まとめてみます。」

季節を二つもが通りすぎる間、そのやり直しを積み重ねるうちに、彼に何回も喜ばれて嬉しかった。
こういう美しい時間を経て、いよいよこの本は発行を目の前に置かれた。
しかし、一年を過ごしながら私は出版の業務であまりにも忙しくて会長の評伝をしばらく延ばしておくしかない状況になった。そしてあわただしい年末を後にして2020年の新年を迎えた。
新しい日を迎えたにもかかわらず、会長の単行本の発行はできなかった。机の上で私の最後の手を待っている矯正のかたまりは宿題を終えなかった学生時代の追われる気持ちあまり変わらなかった。

お正月を送ってから、ある日会長の訃報を受けた。会長は99歳で永眠された。

9

涙が溢れた喪屋でも会長は礼儀正しく明るい笑顔でそこを訪れた人々を迎えてくださった。
出版まで待たずにお亡くなりになった会長に申し訳ない気持ちでいっぱいであった。

「会長、風は涼しくて空は青くてもってこいの季節です。この素晴らしい風と、この高い空をより多く享受されることを願います。私が力になれることがあれば必ず頑張ります。」と手紙に書いた最後の一節の約束を今になって守ることになった。
「チャン·ジョンギ張鍾基会長、またいらっしゃってできなかったことは思いっきりしなければなりません。また懐かしいです。」

目次

60歳の還暦記念写真

チャン・ジョンギ張鍾基評伝 I

本自叙伝に載っている写真のすべては、チャン·ジョンギ張鍾基委員の中高年期の写真である。幼少期の時の写真は韓国戦争時代に共産軍の三千浦侵入の時すべて焼失され、学生時代、青年期の写真もソウルの奨忠洞にある家は共産軍に奪われ全焼して載せなかった。青年期の写真２枚は友人の所持していたものだ。

一

自然人チャン·ジョンギ張鍾基
幼年時代と祖父からの愛情

東莱中学校の在学時代

1922年 2月 26日三千浦市 東洞77番地で韓国野球の橋頭堡を築く人物が生まれた。大地主のチャン・ジミョン張志明先生の三男として生まれたチャン·ジョンギ張鍾基、前韓国プロ野球の組織委員会の規定審議委員の誕生だった。

彼は3歳になってから祖父のチャンヨンサン張永相氏に千字文を習い、世に出逢った。当時祖父のチャンヨンサン張永相は張氏一族のために「覚山祭」という村塾を設けて儒教教育と人格教育に専念した。孫のチャン·ジョンギ張鍾基は幼年時代から村塾で三綱五倫、論語、哲学を習得した。そこが自然に彼の青少年期の人柄的土台づくりとなったのだ。

それだけに 少年チャン·ジョンギ張鍾基に対する祖父の愛としつけは格別なものだった。特に享年98歳になるチャン·ジョンギ張鍾基、前委員を漢学、儒学、立派な人柄に至るまで就いた分野ごとに、角を現し、神話的な存在として記憶されるのは祖父の幼年時代の教えが功を奏し

たとじゅうぶん分かる。
しばらく時間を遡ると、7歳の幼いチャン·ジョンギ張鍾基が祖父の関心と愛の中で祖父の著書と先覚者たちの著書の多くを書庫から移す作業をすることになるが、その日の喜びは言い表すことができなかったという。しかし、喜びもつかの間、祖父は「覚山祭」の書庫から本を出す途中、高血圧で倒れ意識を失うことになる。そして幼い孫のチャン·ジョンギ張鍾基は実家に駆けつけ両親に祖父のことを伝え再び息を吐き書庫に着いたが、すでに祖父は息を引き取った後だった。
チャン·ジョンギ張鍾基は祖父から格別に愛されたうえに幼かったので祖父の臨終さえ見守ることができなかった悲しみに飲み食いを全廃し、祖父の死を胸にしまっておいた。
あの時代、祖父の名声は周辺の村ごとに受け継がれており、葬儀も一般的なものではなかった。葬儀費用は500石(当時米1俵の価格が10ウォンだった)の莫大な費用がかかった規模であり葬儀も100日間行われ、さすがに地域の大地主らしい面貌を見せた。
当時の祖父の肩書きは'衆治院参議'で現在の国会が参議院制だとすれば、祖父は地方情勢を王様に直接上訴する

肩書きの '直訴'(直接上訴)制を置いたのである。祖父がその職を務めていたため、祖父の突然の訃報は、全国各地の地理風水師や占い師を呼び寄せるほど、国家的な動きとされるほどだった。そのため、死去のお知らせも容易ではなかった。使臣を動員して全国各地に祖父の死を知らせ、100日間葬儀が行われるから遺体の腐敗を防ぐために毎日50個の氷が動員された。

葬地は6人の風水専門家が50日間の熟慮の末、意見の一致を見て慶尚南道泗川郡昆陽面鳳渓のところに決めることになった。

葬儀には晋州、泗川、三千浦のところでタクシー20台と７台の貨物車が弔問客のための食べ物などを運び、桐で作られた5階建ての喪輿に従う哀悼の波は一里にも及んだ。一里というのは今だと4キロぐらいの距離をいう。その長い距離には挽章の旗が空いっぱいになびいていた。それで晋州の日刊紙には、祖父の張永相氏の葬儀に関する記事が新聞紙面にメインを飾っていた。また、第32代長子の張志明は、葬地である昆陽面鳳渓里に小屋を建て、3年間墓所を守った有り触れない近代の親孝行者として当時の西部慶尚南道地域では話題の人物として有名であった。

妻のチェ·ジョンエ崔貞愛さんとの結婚写真

1982年米テキサス州ダラスで開催されたロータリー世界大会に参加中、妻のチェ·ジョンエ崔貞愛さんと一緒に

釜山の西大新洞にある自宅で義母の故金素淑さんと一緒に

済州島の旅行中、妻のチェ·ジョンエ崔貞愛さんと一緒に

長男、次男の家族と一つの家で暮らし、大切にしていた孫のユンチャン、チョルホ、ソナと一緒に

張鍾基会長は家門の名誉を大切にした。甥っ子たちと甥っ子の孫たちとが集まった日

二

自然人張鍾基、
野球人としての地位を確立する

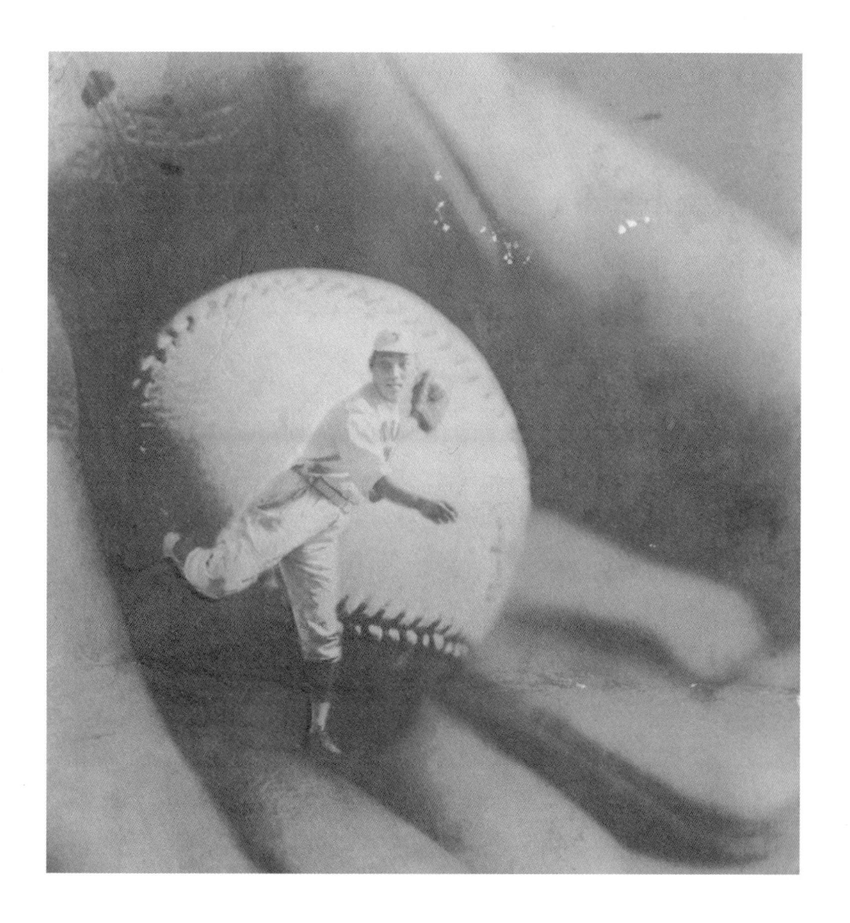

祖父の死去は、幼いジョンギ鍾基にとって幼年時代が断絶でもするかのように、ぽつんと途絶えた気がした。
あれからどのくらい時間が経ったのだろうか。8歳になったジョンギ鍾基は三千浦小学校に入学することになってから初めて現代の学問を学ぶことができる。小さい時から健康で、人並み外れた頭脳を誇っていた彼は、小学校の成績もいつも上位から外れたことがなかった。また学校で行われる全てのスポーツ競技はひときわ目立つ様子で、あまりにも優秀な学生だった。

また、幼いジョンギ鍾基は学業の成績が優秀である上に、芸術·体育においても優れた成績を上げた。その中でも3年生の時から始まった野球試合で特に目立った。それで彼は成人の試合に出場するほどの実力を認められていた。それから15歳になった彼は当時慶南地域の野球名門として知られていたドンネ東莱中学校に入学、堂々と野球部に入団することになった。

ドンネ東莱中学校1年生だった彼の野球実力は上がる一方だった。当時、釜山市内を代表する野球名門との試合で彼はリリーフ投手として登板し、母校の敗戦を免れたこともあり、正規リーグに登板した記録も残すほど優れた野球選手だった。

特に、三千浦でなら一番近い都市のジンジュ晋州中学校に入学しても十分な距離だったにもかかわらず、プサン釜山の東莱中学校への入学を決めたのは、他でもない死亡した祖父の影響があった。
祖父は当時東莱温泉に別荘があるほど釜山での行動範囲も広い大人だった。

そして彼の両親もドンネ東莱中学校への入学を喜んで承知したのだ。また、ドンネ東莱中学校野球部の投手として活躍していた彼は、1936年から1940年まで釜山市内の中学校対抗野球大会で東莱中学校を野球の全盛時代に押し上げた牽引役を十分に果たし、4年間エース選手として登板した。全国中学野球大会で2回優勝という快挙を生んだ。
一方、全国中学野球大会(現、高校野球大会)決勝戦では、

ピョンヤン平壌第一中(日本人中学)と試合途中、東莱中学校がリードする状況が展開されると、日本人の審判は露骨な不正判定で逆転負けというあっけない結果に直面したが、結局、場内には韓国人の観客から騒々しい怒りとやじが飛ばされ、警察、憲兵が出動し、試合は中断された。こうして2年間、学生全国野球大会が中断される状況までになった。このようにドンネ東莱中学校の野球は各種スポーツ競技の中でも最高の自慢であり、その時代、東莱中学校は野球部、サッカー部、庭球部、ラグビー部などすべての種目の運動部が他の学校に比べて盛んになった時代だった。

しかし、運動というものの持続性は、どの種目でも一様に必要であるため、東莱中学校の野球部も合宿がしなげればならなかった。でも合宿の費用は学校から負担する程度ではなかったため、学校の負担は並大抵ではなかった。
しかし、そのような厳しい状況を乗り越え、野球部の合宿練習を続けられるようにサポートしてくれたのは、ジョンギ鍾基の父親であった。合宿は彼の70%賛助金があってこそ可能なことであった。

そのため、担任教師だったキムヨンゴン先生は後日まで学校の野球部と野球に関してジャンジョンギ張鍾基と彼の両親の後援を忘れられないと言った。

とにかくジャンジョンギ張鍾基の中学高校時代は野球一筋だった。当時は戦争に備えた軍事訓練兼軍人訓練競技種目である'体力評価中学校大会'という5種競技を軍事訓練方式の服装を取り揃えた特殊競技大会が盛んで、各学校に配置された軍事訓練館(日本人の野田井大佐、予備役将校など)が審判官で構成され、各種競技を担当することになっていた。
そのために試合の度ドンネ東莱中学校とプサン釜山中学校は毎回激戦を繰り広げるは明らかな状況で、日本人の審判が露骨に不正判定をし、これを糾弾することが絶えず起こった。

そのためか、民衆蜂起は自ずと起こり、そのたびに憲兵隊と警察が運動場に投入され、抗議する観衆を鎮圧することが繰り返され、自然に東莱中学校と釜山商業高校の生徒たちは反日運動の火種を増やし始めたのである。
結局、事態は収まらずついにドンネ東莱中学校の野球部

とサッカー部の選手たちが中心となって、日本の現役大佐である野田井の館舎を訪れ、石を投げて器物を破損することに至った。
これは釜山学生蜂起事件として歴史に記録された。この事件が発生してすぐ慶尚南道一帯に非常警戒令を発令し、日本を訪問する韓国人の連絡船の利用禁止など極端な非常措置が取られた.

一方、日本の公職者は蜂起を主動した学生を探し出す措置を取り、憲兵と警察を投入し、ドンネ東莱中学校120人、釜山商業高校100人など230人余りの運動選手が警察署と憲兵隊に連行される事件が発生したが、ジャンジョンギ張鍾基も1939年11月23日12時20分頃、釜山警察署に収監され、2日後には不拘束起訴で執行猶予を言い渡され釈放されたが、その蜂起事件の結末は生徒が人質になる惨状を目の当たりにし、親や既成世代はどうすることもできなかった悲痛そのものだった。

人というのは、ある契機と転換点があるものだ。やはり翌年1940年1月25日、日本の東京に渡る大きな転換点を迎えることになる。

ドンネ東莱中学校の野球部時代

「TORAI」はドンネ東莱の日本語式英語表記

東莱中学校4年生まで修了した状態で修了証を受けて日本へ渡った彼は、同年4月、日本の尚志大学の独語科に入学し、2年間を修学することになる。日本の尚志大学は別名ソフィア大学と呼ばれているドイツ系大学で、そこを選んだ理由としては2年課程を修了するとドイツのミュンヘン大学3年生に編入できて他の大学を選択するよりも優れたチャンスが作れるからである。

そのように欧州留学が夢だったが、1942年に勃発した欧州戦争は、ジャンジョンギ張鍾基の留学の夢が台無しになった。結局、彼は尚志大学2年を修了した後、早稲田大学法学部に転入することになる。

嚢中之錐というか。野球に対する才能と夢はなかなか消えなかったジャンジョンギ張鍾基は、同年5月日本に留学していた野球人の集まりで「東京留学生野球団」を組織してその2ヵ月後の7月ソウルとピョンヤン平壌、シンウィジュ新義州への遠征を決議し、実践に入る。
しかし、日本の官憲から場所の使用を認めないという通知を受け、その後強制解散させられた。
それでもジャンジョンギ張鍾基は早稲田大学野球部の

100人候補者のうち投手部門10人に選ばれ、野球部第2軍に登録、6大学リーグに出場する機会を得た。

しかし、再び挫折を味わざるを得なかった。
1943年6月、大東亜戦争の勃発により、すべてのスポーツ競技は中断された。そして1944年2月、韓国留学生も軍入隊強制令が発令され、学業は中断され、強制徴集された後、陸軍歩兵として静岡市第3部隊に配置、日本軍兵営生活が始まった。

1945年8月15日、天皇の降伏宣言は大東亜戦争の終結をもたらし、同年9月米軍部隊が静岡市を占領することになり、日本軍隊の資産を引き受ける作業が開始することになる。
ジャンジョンギ張鍾基は英語が話せる唯一の第3国民で、日本第3歩兵部隊の引継ぎ担当者に選ばれ、約20日間日本軍部隊の資産を米軍に引き渡すのに功労者となり、米軍の輸送機に乗ってソウルを経て釜山金海に無事帰国する。

故国に帰国すると、すべてのことに新しい時代が開かれ

たような気がした。1945年11月5日、釜山駐屯米軍第3連合軍司令部(釜山市役所の旧庁舎)が業務を開始し、新聞に通訳士、行政補佐官の募集公告を出すが、その広告を見て彼はすぐに司令官室に足を運んだ。

ちょうど日本軍資産整理に協力した感謝状を持って行って面接をし、それが功を奏した履歴になり、すぐに司令官室行政補佐官として仕事を始めることになる。実にありがたく幸いなことである。
一方、ジャンジョンギ張鍾基は故郷に帰ってきたので、再び野球人の夢を見始める。釜山野球団組織に着手し、デチョンドン大清洞にある南日運動区を中心に東莱中学校、釜山商業高校出身の野球経験者を探し、国際新聞社社長と協議した後、紙面を通じて野球人糾合に渾身の力を注いだ。

解放後、日本から帰国した同胞の中で日本の高校野球選手として活躍したペ·ソンス、ファン·ギョンヨル、コ·ガンジョクなどの野球選手に会い、釜山鉄道野球チーム(日帝時代)で活躍した東莱中学校出身のキム·ピルス、パク·ボンジョ釜山商業高校出身の選手など約10人と釜山軟式

野球界出身のイ·ジョングなど15人で1次釜山野球団を組織し、釜山野球協会組織の産婆役であった。

しかし、戦場に出る軍人に銃弾が必要なように、野球道具がそろっていないことを知っていた張鍾基は、釜山駐留米司令部内の野球同好会の軍人と将校司令部内の野球部を創設することを提案し、週末釜山市民野球チームとの親善ゲームでもっと強い絆を持って軍政の遂行にも役立つよう誘導した。
そして米軍司令部内に野球部を結成し、アメリカ本土から野球ボール、野球バット、野球グローブなど全般的な野球道具を調達して、すでに活動中だった釜山野球団との親善ゲームを行い、釜山野球の復活を予告した。
その頃、釜山慶南高校校長は、張鍾基を慶南高校の英語講師兼野球部監督に招聘したいと提案してきた。

ジャンジョンギ張鍾基は、早稲田大学野球部で学んだ野球哲学と野球の基本的な技術など、特に投手としての基本的な資質、各ポジション別の基本技術について教え、練習に励むことができた。一方、選手らは「学生野球は学業と並行すべきだ」という規則を必ず守らなければなら

なかった。学業を度外視する野球生活無用論を強調し、頭が悪ければ野球の真の姿が分からないという教えと、技術向上と人間性教育、スポーツマンシップに対する全般的な教育に力を入れる講師であり、監督としての活躍を見せた。

故国で野球と英語を並行して暮らしているというのは、あまりにもありがたいことだった。米軍部隊司令部の補佐官の役割は、釜山ではまるでプレミアムのようだった。釜山野球団、慶南高校野球部監督、東亜大学野球部組職依頼と監督依頼など、張鍾基全盛時代を迎えるような日々だった。

結局、ジャンジョンギ張鍾基は1946年12月、米軍部隊補佐官を辞任し、野球生活に専念しなければならない時代を迎えた。彼は補佐官時代、「朝鮮絹織会社」を東莱中学校の親戚の先輩の義兄であるキム·ジテ氏に運営してもらうことがあったが、それがきっかけで釜山商工会議所会頭の出馬の時大きな役割を果たしたこともあった。ちょうどその時、張鍾基は釜山野球団の安定的な発展のためにキム·ジテ氏に説明し、キム·ジテ氏は釜山絹織会社

の代表として朝鮮絹織野球チームを新設するように物心両面でサポートしてくれた。こうして名実共に釜山代表チーム野球部が創設され、釜山市代表として道·市対抗戦、全国実業野球大会など多様な試合に出場し、釜山野球の地位を固めることになった。そのため、釜山での野球生活は1945年11月から1948年1月まで釜山野球の象徴的人物として評価された。

キョンナム慶南高校野球初代監督、釜山野球団組織と投手主将、東亜大学野球部初代監督、朝鮮絹織株式会社野球部の創設と主将で、韓国野球の戦後中興に一役買ったと言える。

その後、ジャンジョンギ張鍾基は1948年2月ソウルに移転してソウルで野球人生を再び始める。それもそのはず、釜山に勤めていた時代から韓国銀行、韓国産業銀行、京城精機、大韓通運株式会社などから誘われたが、条件と合わず悩んでいたところ、大韓金融組合連合会副会長のハ·サンヨンさんが全面的に彼の提示条件を受けいれてスカウトを提案した。

そして、金融界との縁があって大韓金融組合連合会野球部を創設、全国道·市対抗戦で優秀な選手をスカウトし、

招待主将としてチームを率いることになった。大韓金融組合連合会が現在の農協野球団の前身なのだ。
このように新しい実業野球チームが組織された背景には、全国実業野球協会が設立されて春夏秋冬の大きな大会が運営されてはいたが、より規模が大きく、心強いスポンサーと背景が良ければという考えもあった。ソウル進出を決心した決定的な理由もそこにあったわけだ。こうして大韓金融組合連合会野球部を創設して本格的な野球生活を始めた。

当時、一緒だったイヨンミン、ソン·ヒョグン、キムヨンソク、オ·ユンファンなどの大先輩と日本プロ球団でしばらく活動したユ·ワンシク、キムヨンジョ、カン·デジュン、ベ·ソンスさんは、今も記憶にはっきりと残っている先輩であり、チームメイトであった。特にキム·ヨンジョは早稲田大学で一緒に野球をした捕手で、また一緒にクラス対抗戦優勝の栄光に浴したが、その当時キムヨンジョは日本の名前を使っていて、韓国語も全くできないので、彼が韓国人だということを全然知らなかった。

彼は在日韓国人2世で、早稲田高校の野球部出身だから

本校の野球部入りが可能だったことを知った。キム·ヨンジョは1946年7月、全国道·市対抗戦の際、ジョンジュ全州市の代表として出場したのがきっかけとなり、ソウルで初めて会った時はとても嬉しかったことを記憶していた。
なお金融組合連合会野球部創設の際には経済的に苦しい状態であることを知り、金銭的な支援し、またソウルでの生活ができるまで提供し、捕手として採用する契機にもなった。
そのようにジャンジョンギ張鍾基のソウルでの生活は、金融組合連合野球部の主将としての責任を全うしようとしており、京畿高校野球部の懇請で監督に就任し、全国大会準優勝という快挙を生んだ。
その後英語講師の業務は時間の都合上力不足だったため、1年間の講師生活を終えることに至った。特に、京畿高校監督時代にはパク·ヒョンシク君を仁川東山高校からスカウトされて捕手を投手にポジションを変えて指導し、監督就任5ヶ月で下位チームの実力をアップさせて、釜山で開かれた全国青龍旗野球大会で準優勝という成果を上げるなど高校野球全盛時代の誇るべき記録をまた残した。

一方、1950年は韓国野球史上初めてハワイ遠征計画を立てて、大韓野球協会の通知文をもって全国レベルの代表チームが結成され、20人の選手と役員を確定し、全羅道羅州市で合宿訓練に入るなど、国家レベルの野球試合に参加するという希望で胸が膨らむばかりであった。

しかし、ハワイ在住の韓国人だったソゼピル徐載弼博士が飛行機事故で殉職し、ハワイ遠征がキャンセルになる残念な思いをした。当時の役員と選手としては監督のキムヨンソクをはじめ、投手のオ·ユンファン、ユ·ワンシク、チャン·ジョンギ、イジョンギュと捕手のチャン·ソクファ、キムヨンジョの3人と、ペ·ソンス、カン·デジュン、ソン·ヒジュン、ホ·ゴン、キムゲヒョン、シム·ヤンソプ、ノ·ジョンオなどが記憶に残ると言った。

その年、ソウル自由新聞社の年例行事である全国高校選手権大会が6月24日から29日まで5日間にかけてソウル東大門野球場で開催されたが、ジャンジョンギ張鐘基の母校である釜山東萊高校野球部一行と引率の教師、父兄など21人がソウルに到着し、彼の奨忠洞にある2階建ての家に全員一緒に暮らしながら試合に参加し、大会が終

わるまで2階建ての私邸は野球選手たちで埋め尽くされていた記憶もジャンジョンギ張鐘基の野球に対する愛情がわかる。

ジャンジョンギ張鐘基は前年1949年12月16日結婚し家庭を築いた。彼の妻がソウル奨忠洞の新居に来てからわずか3ヵ月経たないうちに、そこは21人の野球選手たちと一緒に不本意ながら同じ家で合宿に入ることになったのだから、彼女の煩わしさと心理的な負担感は言いようがなかったであろう。
いずれにせよ、母校野球部員たちと仲間たちを喜んで世話をしている途中、民族的な悲劇の6.25南侵は、個人はもちろん国家の将来を変えることになった。

当時、国防部長官の秘書だった朴炳権という友人を訪ねた張鍾基は、前後の事情を話して本人の給与3ヵ月分を前借りしてもらい、6月26日釜山行きの列車に同行していた東莱高校の野球部全員を乗せることになるが、後で分かったところ、その列車が釜山に向かう最後の列車だったという。何と鳥肌が立つようなことで胸の痛む記憶だったのだろうか。

張鍾基の野球人生は韓国戦争によって終わりとなった。その日の夜、ジャンジョンギ張鍾基と彼の妻は奨忠洞の家をそのままにしておいて、光化門近くにある韓国の魚類学者のチョン·ムンギさんのところで身を隠した。

3か月間ほどの地下に潜む生活。しかし、意志さえ固ければ、道は開かれる。9月20日頃、一部特攻隊の米軍がソウルに駐留することになり、張鍾基はその事実を知って大通りに駆け出し、米軍の救急車を止めて事情を説明した。そしてその救急車に乗って米軍の行き先である大邱に到着して再び釜山行きの救急車に乗り変え釜山の妻の実家で釜山での生活が始まる。
このような状況のため、ソウルの奨忠洞の張鍾基の空き家は、自然に北朝鮮の政治保衛部が強制的に占拠し、ソウル奪還後は敵産家屋として扱われ、様々な方面で法的手段を模索して陳情を入れたが、所有権を取り戻す方法はなかった。
その故に張鍾基は釜山市民として生きる運命を受け入れることにした。

戦争というのは多くのことを変化させるものである。こ

うして釜山に定着した張鍾基は1951年8月から1954年3月まで釜山商業高校、開城中学校で英語講師兼野球部監督に就任し、中高生を指導することになった。それから1955年5月から1968年までは釜山大学法学部専任講師に就任、釜山大学野球部を創設して初代監督を引き受けることになった。

そのため1951年釜山定着以後、張鍾基は現役野球選手生活を清算するつもりで、指導者の道を歩むようになったわけだ。
その後1981年から1983年までの2年間、張鍾基は韓国プロ野球規定審議会の委員として委嘱され、名実共に韓国プロ野球史になくてはならない産婆役であった。

高校野球大会で徳寿商業高校の野球部員たちと一緒に撮った写真と推定

2011年8月23日、韓国野球の日を記念してロッテジャイアンツのホーム試合の始球式を兼ねて社稷野球場を訪ねた孫の尹昌と一緒に

2011年8月23日、韓国野球の日のヤン·サンムン当時ロッテジャイアンツ監督と一緒に

ロッテジャイアンツの関係者と一緒に

三

自然人張鍾基、
金融界で星になる

1966年4月、40代前半から半ばにかけて、張鍾基は株式会社ソウル銀行の部長として在職していた。当時韓国と米国が軍事同盟関係だったため、両国大統領の合意で韓国軍5万人をベトナムに派兵、米軍とともにベトナム共産軍政権退治作戦を遂行した時代だった。

張鍾基は英字新聞を読んでその事実を知った。それで自分が所属している会社と国家のために何かしなければならないという彼の意志は確固としている。彼はパウエル韓国将兵の月収を韓国の国家経済復興政策の一環に転換すれば良いという考えがあった。それもそのはずパウエル韓国将兵の月収２千万ドルは韓国の月輸出代金

国際ロータリークラブ世界大会は毎年、全世界を巡回して開催される。世界大会の参加中、観光地で撮った写真が多い。– カンボジアのアンコールワットで撮った写真

2000万ドルと同値であった。当時朴正熙大統領は国民所得350ドル時代を目標に掲げた時期だった。そのため、2千万ドルの収入は国家経済を復興させ、国民所得の増大に一大センセーションを巻き起こすことだという認識が働かざるを得なかった。

張氏は英字新聞の記事を几帳面に把握した後、朴大統領に建議書を上げることになった。その内容を簡単に予約すると「大統領閣下、ソウル銀行がパウエル将兵の口座管理を担い、有終の美を飾りたいです」とのことであった。具体的な内容としては、パウエル将兵の給与2千万ドルが現地払いの場合は大小さまざまな問題が起こる可能性があるから、将兵給料のうち10%に当たる金額だけを現場払いで、残りの90%はソウル銀行に送金してもらって各将兵らの本人名義の口座を新設して積立式預金として入金させるとのことであった。

そうして帰国後には将兵たちは積立金が増えたら生活にも役立つし、韓国銀行は利子収益を創出して国に還収すると、まさに一石二鳥ではないか。また、今と違って将兵らの外出が自由にできなかっただから、PXで生活必需

品の購入が可能で不便なく生活するという案の認識そ
示したものだ。

ついに張氏にパウエル将兵の積立式預金を管理できる
よう、大統領の特令が出されたのだ。朴正熙大統領はパ
ウエル将兵の韓国軍の崔司令官に親書まで送って、張氏
の業務推進を可能にした。また、パウエル将兵の給与管
理の成功はソウル銀行の業績向上にも大きく貢献した。
その後職場内での組織のの信頼度は自然と厚くなり、国
家的にも有名な名分を提示したわけである。
このようにソウル銀行での国家的活躍は釜山支店長と
いう責務を引き受けることになった。それから16年間の
勤務を最後に定年を迎えることになる。

四

自然人張鍾基、
ボランティアとして光になる

1969年張氏は先輩のお勧めで国際西釜山ロータリークラブに見習いとして立会し、1970年正式会員として加入して西釜山ロータリークラブで50年間のボランティア業務が始まる。その頃張氏は40代半ばの忙しい中でも時間を作って高校野球部と大学野球部に技術指導をするなど監督として活動をした。その結果各種大会に参加して優秀な成績を収めた。

そのうち張氏は五十にして天命を知るという年になってしまい、時間的にも肉体的にもいくつかの仕事を同時にできる余力がなかった。結局、張氏は野球指導者の旅に出て釜山南山ロータリークラブを創設して、40人の仲間たちと共に青少年交換事業の本格的な手綱を引き締めることになる。それは見習いとして活動した時身に付けたロータリークラブの精神を受け継ぎ、名実共に正式にロータリークラブの業務を始めた。青少年交換事業も同様に全会員の声援の中で活性化し、誰よりも全力を傾

けてきた。

このように張氏は、自分に与えられたと思っていた野球人生をあきらめて、ボランティア活動へと向きを変えて第2の人生をスタートすることになる。1970年1月彼は国際ロータリー組職に参加し、青少年交換プログラムに積極的に参加するようになる。そしてオーストラリアで開催された世界大会に参加して青少年交換プログラムとして国家間の交流活動にもするようになった。
このプログラムの実施に当たって多角的な交渉を経た結果、オーストラリアが最も安全で適切な国であると、結局オーストラリアとの合意を導き出した。
しかし、オーストラリアと約束した青少年事業は、ロータリークラブがいわゆる「金持ちの集まり」と誤解されて政府は学生ビザの発給を許可しなかった。国家的な権威失墜につながりかねないと心配した張氏は、朴正熙大統領に再び親書を送り、学生ビザの発給を許可されてオーストラリアとの国際青少年交流事業が可能になった。

学生交換プログラムは韓国文化と風習、韓国語を本格的にオーストラリアに知らせる契機になり、オーストラリ

アに渡ってオーストラリアを体験して帰ってくる学生たちには短い歴史のオーストラリアだが、その大国の成長動力が何か考えられる特別な機会になった。
こうして始まったロータリー活動は、1980年から2012年10月までの32年間、オーストラリア内における5つの地区に韓国の青少年39人を派遣、オーストラリアで1年間に異文化を習得し、国際的な見方を持ってグローバルな人材になるよう最善の努力を尽くす日々だった。

一人の学生をオーストラリアに派遣する際、まず太極旗をはじめとする簡単な広報物や内容を身につけてどの会合に招待されても上手に説明できるよう基礎知識を持って派遣することが重要だった。
それで事前に教育を受け韓国を国際社会に知らせる先導的役割の学生たちは、民間外交官として派遣されて9ヶ月間十分に自分の役割を果たした。

一人の韓国の学生は相手国の学生3千~5千人に韓国を知らせる波及効果をもたらし、35年が経った今までオーストラリアをはじめ世界7カ国にかけて1,260人を派遣し、また外国の学生を受け入れてホストをしている状況で

世界ロータリーアンたちとの交流写真。特にオーストラリアで地区総裁まで務めたロータリーアンBob Youngとの友情は長い間続いた。

ロータリークラブで出会った格別な因縁のBob Young。国際ロータリーの在965地区総裁を務めたこともある彼とは1977年9月初めて会って青少年交換事業を一緒に進めたことが彼との因縁の始まりで、末娘のヒョンソンが交換留学生としてオーストラリアに行った時、最初のHost Familyになって自分の娘のように面倒を見てくれた。その後、Bobの妻が死亡した時は直接オーストラリアに渡り、葬儀に参加して慰めた。Bobは12年5月先にこの世を去った。
写真は1991年、70歳の古希を祝うため、直接釜山を訪問した時。

あった。

名づけて「yes」プログラムとして活躍していた青少年交換プログラムは、満14歳から満18歳までの外国の青少年を韓国に誘致するか、外国に韓国人の学生を派遣する制度であり、ロータリー会員のうち、プログラムに志願した3人それぞれの家で一人の学生を受け入れて1年間の宿泊と食事を提供し、学校納付金をすべて担当するが、これは後にロータリークラブが負担する形を取っていた。

とはいえ、全てのロータリークラブが釜山南山ロータリークラブのように青少年交換プログラムに積極的に参加したり後援したりするわけではなかった。しかし、張氏の所信は変わらなかった。それは都合の悪い青少年に留学の機会を提供し、健康な精神を啓発させることは、未来社会のための投資という信念が強かったためだ。

当時韓国ロータリー17地区で青少年交換プログラムを実施しているロータリー地区は、釜山3,660地区の内1ヵ所だけだったが、ソウル会議に出席して各地区に訴え教育を受けさせて現在3地区に拡大された。

張氏は交換留学生として韓国を訪れた外国人学生のために、韓国文化と日常生活を見て感じさせるのが最大の国威宣揚だと判断し、現在住んでいる釜山広域市西区西大新洞3街にある80坪の韓屋を自ら建てることになるが、その過程での苦労は言うまでもなかった。

家を建てる当時は山林保護政策の規制が厳しくて許可なく韓屋を建てることは不可能であった。その件で釜山市長のところに訪ねて、内容を詳しく説明し、国家百年の計として国際青少年事業という名分の下、朴正煕大統領の許可を得て韓屋を建てることができた。それが今まで28年間、yesの学生たちをホストして韓国の文化を普及させている。

また、張鍾基は国際ロータリークラブの国際大会に毎年参加したが、これは業務内容を把握する目的と同時に、ボランティアシステムと種類、その他の実務などを学ぶための確固たる趣旨があったからだった。そのような目的と趣旨を持って世界各国を訪問したのが83カ国にも至る。名実共に民間の外交使節団としての役割を果たしたことは確かな事実である。

国際ロータリー青少年交換事業で韓国に訪れた留学生たちと一緒に撮った写真。

高齢にもかかわらず、地区の青少年交換委員長としての任期が終わるまで、直接学生たちを引率して韓国の様々な文化を体験できるよう手助けした。

世を変える力は、少数の有能なグループに左右されるということを私たちはよく知っている。似たような論調だったのだろう。ロータリー事業における推進力と仕事の成果は常に張鍾基という人の存在理由でもあった。しかし、いくら優れた名将だとしても、刀であれ銃であれ手に握っていなければその実力は発揮できるのに、張氏にとってロータリークラブのyes事業に少なからぬ経費が必要な苦労があった。

そうして彼は自分の家屋を担保に日本同胞の知り合いに競売入札を受けさせたりするとか、現在まで敷金3千万ウォンで暮らしながらもロータリークラブへの愛情は冷めてなかった。確かではないが、釜山南山ロータリークラブの再創立と現在の運営は、彼の努力と愛情、そして彼の確たる国家観があってこそ維持されていると思われる。
野球人としての30年とロータリー会員としての50年の歳月は、98歳の張氏の人生においてスポーツ外交とボランティア外交で彩られた黄金期と言える。

一人の自然人としての人生が果たしてこのように変わ

らないのだろうか。個人の人生が栄辱を離れて公益優先の人生につながってきたなら、これは当然社会の木鐸であり、国家の宝庫と言えるだろう。

このように韓国野球界に大きな足跡を残した彼の活躍ぶりは、スポーツから社会奉仕活動につながり、確たる国家観形成に貢献した韓国現代史の生き証人と言っても過言ではない。

旧友でありロータリー仲間であるBob Youngとロータリーイベント中に一緒に撮った写真、

国際ロータリー3660地区大会で当時インバウンド交換留学生たちが磨き上げたテコンドーの実力を誇る姿。

'92 11 22

ロータリーを通じて
世界のあちこちで
友達に会い、

彼らと長年の友情を積むことに
努力した

1989
THE 80TH ANNUAL CONVENTION
INTERNATIONAL
SEOUL
國際
第80次

1989年ソウルで開催されたロータリー世界大会青少年交換委員会会議に参加し、各国から訪れた青少年交換担当者と交換事業を推進する。

オーストラリアのタズマニア島で開催されたロータリー青少年交換委員会会議に出席し、韓国の青少年交換事業の現況について説明する。

次は張鍾基先生が老年期に国家の力点に置く事業として残した青少年交換事業の価値を収録した内容である。

青少年交換事業の価値と
私の愛した韓国野球

花が咲くことも、
水路が流れて川を作り、
海に流れ込む姿も
源流がどこなのか分かるようになると、

根本を無視して
生きることはないだろう。

国際ロータリーが重点的に推進しているYEP(Youth Exchange Programの略)は「井戸の中の蛙ではなく、広い世界を見て感じ、他人のために奉仕の人生を生きる」という趣旨を実践に移している事業である。

人間関係を柔らかく、美しく、優しく広げるための偉大な効果と価値を認識させて人間性教育の土台であると同時に、青少年が未来社会のリーダーであり、国家を率いる主人公にする既成世代が繰り広げる有益な歩みだと思う。

そのため、恩恵を受けた学生が成長し、再び恩恵を与える未来社会の担い手になれる偉大な力を発揮する国際ボランティア活動の根幹である。これは国際間の親善を図ることはもちろん友好国家に発展し、地球村の明日を開く希望プロジェクトに違いない。

人類の歴史を顧みると、昨日のない今日はない。そして今日のない明日も存在しない。未来国家の姿は、今日を生きている青少年の分け前になる。環境は個人はもちろん、国家観を裏付ける土台になる。そのため自然環境は

ともかく、環境に対する意識も既成世代が子孫に受け継ぐ第一の遺産と言えるだろう。

その理由でロータリー組織はボランティア活動に主眼を置き、青少年先導政策にその基本を置かなければならないという考えである。これに対して私はこの青少年事業の偉大な力を身をもって感じており、今もその信念だけは固い。

また私のスポーツ観と言えば正々堂々としたフェアプレー精神にある。精神を育てて実践する健康な人格形成こそ、スポーツ哲学でも必ず必要なものである。しかし、国内のスポーツ業界の物質万能主義に慣らされた行動は、人間性の不在による誤った姿勢ということを見過ごすことができない。

野球試合にも魂がこもっていなければならない。
魂のないスポーツは動物の力比べに過ぎない。

私は長年、学校の指導者として暮らしながら、飢える選手のために必ず空腹を解消してくれたし、手当てとして

もらった報酬はいつでも選手たちと苦しい周りの人たちのために先に助けたりした。それゆえに私自身のために報酬を使ったことはほとんどない。それほど私は韓国野球を愛していた。
しかし、いつも良い結果だけがあったと言えるだろうか。
人生がそうであるように、自分の専門分野である野球でも、知らず知らずのうちに足りないところがあったはずだ。
それでも、今も成果だと考えている一つが、学生野球を大韓野球協会から分離して学生野球連盟の下に置いたことだ。2年間にわたる努力と闘争の結果だった。

くれぐれも歳月が流れ、韓国野球の橋頭堡を論じる時が来るとしたら、私張鍾基と先輩、後輩、そして仲間たちの血のにじむような努力があったことを忘れないでほしい。

花が咲くことも、水路が流れて川を成し、海に流入する姿も源流がどこなのかを知るようになったらなら、根本を無視して生きていくことはないだろう。
私は人生の半分以上を野球に注い抜いたと言っても過言ではない。

その間、見てきた先輩たちや仲間の頑張りやえらい苦労は涙なしには語れないほどである。
だから、引退を目の前にした今、彼らのおかげでまぶしい青春が送れたとしみじみ思う。
スポーツに対する真剣な愛情に基づいた彼らの美しい犠牲をこの場でほめたたえる次第である。

私の年はもう百歳を目前にしている。だから私は痛い時間も、休む時間もない。これまで健康にはいつも自信があると自負してきた。しかし、四季を二度経験することになれば、私は百歳になる。しかし私はこの秋まで生きていられる自信がない。
2019年の秋が私の人生の最後の秋になるとしても、韓国野球史にとって私の歩みに悔いはない。

ありがたい98年を送っているところだ. 生まれ変わっても、野球に対する情熱だけはそのまま持って生まれたい。大切な今日だ。

2019年 初秋 張鍾基

国際ロータリー世界大会は毎年全世界を巡回して開催される。世界大会に出席中、観光地で撮った写真が多い。

シドニーのオペラハウスを眺めながらオーストラリアのシドニーで撮った写真

韓国を訪れたインバウンド青少年交換学生たちに韓国の様々な姿を紹介するための活動に努めた。
写真は大韓民国第4代大統領を歴任した故尹普善元大統領の長男であり同僚のユン·サング氏と一緒にソウルの安国洞にある尹普善の古宅で

韓国に訪れたインバウンド青少年交換学生たちと一緒に参加したボランティア活動中

インバウンド交換留学生たちと一緒に韓国のあちこちを旅行した時の写真

– 慶州旅行中

インバウンド交換留学生たちと済州島旅行の時

国際ロータリー世界大会に参加すると、一緒に青少年交換事業を進める姉妹地区を訪れ、関係を結ぶことが最も重要な活動の一つである。

国際ロータリー世界大会は毎年全世界を巡回して開催される。世界大会に出席中、観光地で撮った写真が多い。　　– 米国会議事堂前で妻のチェ·ジョンエさんと一緒に

全世界を旅して広げた見聞を次世代に伝えることを喜びであり義務だと思った。

野球をやめてからはゴルフを楽しんだ。

張鍾基評伝

發行日 2021年 12月 15日 | 著者 金潤熙 | 發行人 金潤熙 | 編輯人 張潤昌 | 写真 張鍾基、張潤昌 | 出版所 マルグンソリマルグンナラ | 出版登録 2000年 7月10日 第 02-01-295号 | 住所·釜山市中区中央大路 22 ドンバンビル 301号 電話 051.255.0263 ファクス 051.255.0953 | ソウル特別市龍山区漢江大路 259 高麗エイトリウム 1613号 | 電子メール puremind-ms@daum.net | ISBN 978-89-94782-88-1 | 價格 15,000ウォン

장종기 평전

발행일 2021년 12월 15일 | 글 김윤희 | 발행인 김윤희 | 편집인 장윤창 | 사진 장종기, 장윤창 | 펴낸곳 맑은소리맑은나라 | 출판등록 2000년 7월 10일 제 02-01-295 호 | 주소 부산시 중구 중앙대로 22 동방빌딩 301호 | 전화 051.255.0263 팩스 051.255.0953 | 서울특별시 용산구 한강대로 259 고려 에이트리움 1613호 | 이메일 puremind-ms@daum.net | ISBN 978-89-94782-88-1 | 가격 15,000원

야구를 그만둔 후로는 골프를 즐겼다.

전 세계를 여행하며 넓힌 견문을 다음 세대들에게 전해주는 것을 기쁨이자 의무로 여겼다.

국제로타리 세계대회는 매년 전 세계를 순회하며 개최된다. 세계대회 참석 중 관광지에
서 찍은 사진들이 많다. - 미 국회의사당 앞에서 아내 최정애 여사와 함께

국제로타리 세계대회에 참석하면 청소년교환사업을 함께 진행할 자매 지구를 찾아 관계를 맺는 것이 가장 중요한 활동 중 하나이다.

인바운드 교환학생들과 제주 여행중